Modvareil

La Miraculée

FSC
www.fsc.org
MIXTE
Papier issu
de sources
responsables
Paper from
responsible sources
FSC® C105338

Texte de Modvareil

Du même auteur

La manipulatrice, BoD, *Mars 2017*
En vers et contre tout, BoD, *Septembre 2017*
D'aussi loin que je me souvienne, BoD, *Janvier 2018*
Mes ressentis, BoD, *Mai 2020*
Hommage à cette chienne de vie, BoD, *Juin 2020*
Le Pardon comme une Preuve d'Amour, BoD, *Juillet 2020*
Le Petit Bonhomme de neige au cœur tendre, BoD, *Décembre 2020*
Les vacances d'hiver de Caya et Kaki à la montagne, BoD, *Octobre 2023*
Les vacances d'été de Caya et Kaki à la plage, BoD, *Avril 2025.*

Préface

Par la main invisible de la lumière.

Et si, au bord de la mort, la vie vous parlait encore ?

Dans ce récit profondément personnel, je partage l'incroyable épreuve que j'ai traversée :
- Une urgence vitale,
- Un coma,
- L'autre monde…
- Puis le retour.

Entre visions étranges, douleurs physiques, et gestes quotidiens à réapprendre, je raconte ma renaissance.

Soutenue par l'amour des miens, portée par la foi et la lumière, je reviens du silence pour témoigner.

Ce livre est un cri de gratitude, une ode à la vie retrouvée.

*« J'ai frôlé la mort. J'ai souffert.
J'ai espéré. J'ai été aimée »*

Je te
guérirai
de tes
blessures

Toujours
à mes côtés...

1- Espérance dans l'épreuve :

*« Je t'ai appelé par ton nom, tu es à moi.
Si tu traverses les eaux, je serai avec toi ;
et les fleuves ne te submergeront pas. »*
— Ésaïe 43:1-2

2- Confiance malgré la tempête :

*« Même quand je marche dans la vallée de l'ombre
de la mort, je ne crains aucun mal, car tu es avec moi. »*
— Psaume 23:4

3- Nouvelle vie, seconde chance :

« Voici, je fais toutes choses nouvelles. »
— Apocalypse 21:5

4- La force retrouvée :

*« Ceux qui espèrent en l'Éternel renouvellent leur
force. Ils prennent leur envol comme les aigles. »*
— Ésaïe 40:31

5- Espérance dans l'épreuve :

*« Je t'ai appelé par ton nom, tu es à moi.
Si tu traverses les eaux, je serai avec toi,
et les fleuves ne te submergeront pas. »*
— Ésaïe 43 : 1-2, *les anges renouvellent leur force.
Ils prennent leur envol comme les aigles. »*
— Ésaïe 40:31

6- Guérison et paix intérieure :

« Car je restaurerai ta santé, je te guérirai de tes blessures, dit l'Éternel. »
— Jérémie 30:17

Préambule

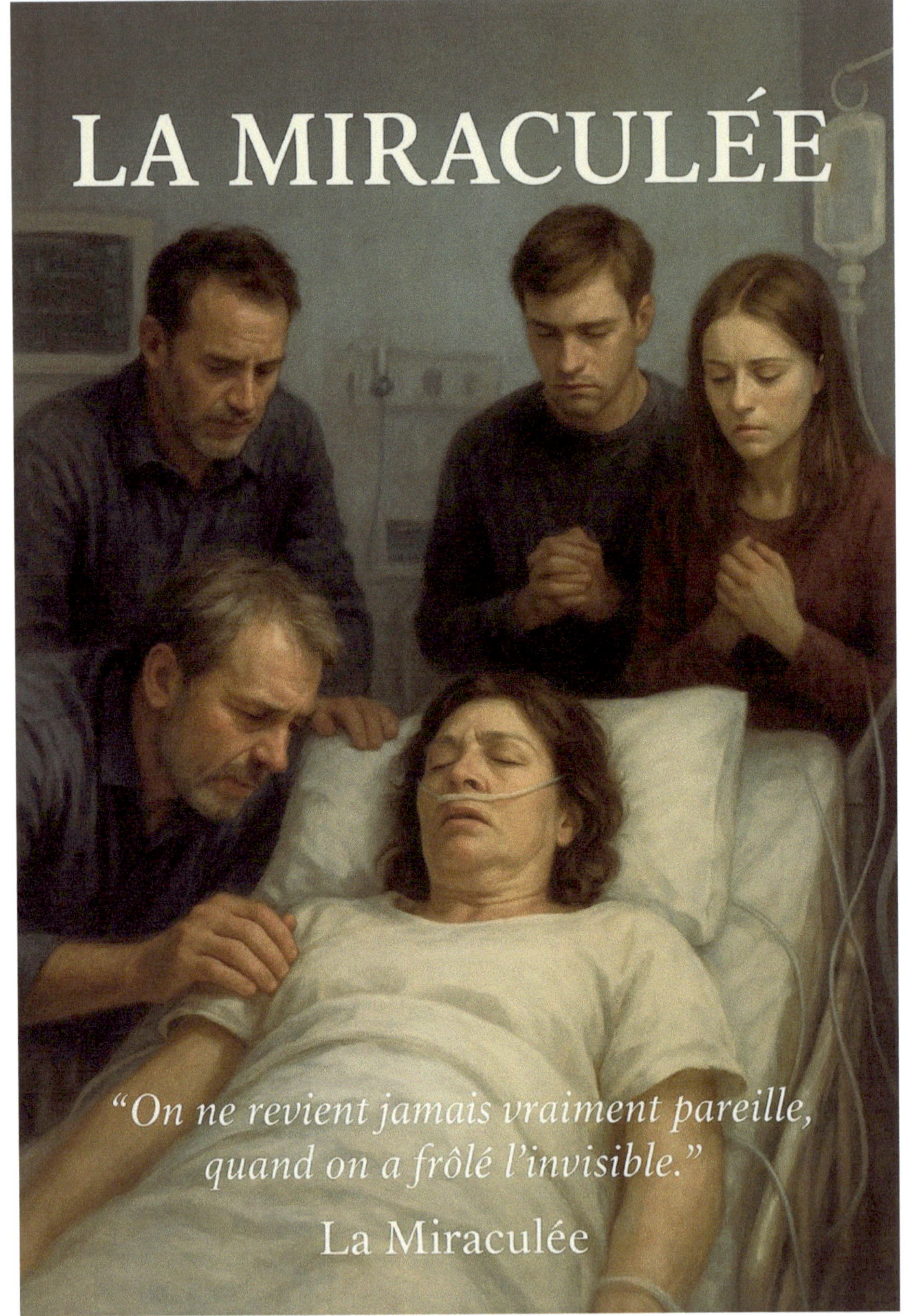
LA MIRACULÉE
"On ne revient jamais vraiment pareille,
quand on a frôlé l'invisible."
La Miraculée

Il y a des histoires qu'on ne choisit pas d'écrire, ni à personne.

Mais certaines, malgré la douleur, méritent d'être racontées.

Il y a des blessures qu'on ne voit pas.

Des silences qu'on porte, longtemps, comme une cicatrice dans l'âme.

Et puis, un jour, vient le besoin de dire ; D'écrire. De transmettre.

Celle-ci m'a été imposée par la vie, la maladie, l'inattendu en janvier 2025 où tout a basculé. Un souffle coupé, un coma brutal, et l'inconnu.

Ce livre n'est pas seulement le récit d'un coma.

Il est le récit d'un bouleversement, d'un miracle.

C'est une renaissance. Une plongée dans l'invisible, suivie d'un réveil bouleversant.

Un témoignage pour dire que l'espoir existe, même au bord du vide.

Celui d'un souffle retrouvé alors que tout semblait perdu.

Celui d'un cœur qui revient d'un long voyage, fragile mais vivant.

J'ai traversé l'ombre.

Mais dans cette nuit, j'ai senti une présence.

Quelque chose - ou quelqu'un - qui m'a tenue en vie envers et contre tout.

Une chute, une absence, un souffle perdu... puis l'inattendu.

Une traversée invisible que seule l'âme peut comprendre.

Une lumière, peut-être. Une promesse, sûrement.

J'ai voulu témoigner, non pas pour chercher des réponses, mais pour laisser une trace, c'est aussi pour poser des mots sur l'indicible. Mais aussi pour tendre la main à ceux qui doutent, souffrent ou espèrent.

Ce témoignage est une offrande.

À ceux qui, comme moi, un jour, ont vu la vie basculer.

À ceux qui restent à attendre, à espérer, à prier.

C'est une lettre pour mon mari, mon fils, mon petit-fils.

Pour mes chiens fidèles, Scoubi, Paprunelle et Bella qui ont veillé sans comprendre au regard inquiet, qui ont compris avant les mots, et qui m'ont accueillie comme un trésor au retour.

À ma famille, à ceux qui m'aiment et m'ont portée qui lisent ces lignes.

C'est aussi un message pour toi, lecteur, lectrice qui prend le temps de lire ces lignes.

Peut-être traverses-tu une tempête.

Peut-être cherches-tu un signe que la lumière reviendra.

Ce livre est pour ça. Pour te dire que rien n'est jamais perdu.

Si tu tiens ce livre entre les mains, c'est peut-être que tu en avais besoin.

Je ne suis pas une survivante, je suis une vivante.

Et si mon témoignage peut éclairer ne serait-ce cœur, alors tout cela aura eu un sens.

Mais aussi… une lumière, une traversée, une seconde chance.

Que ce livre soit un baume pour les cœurs, une preuve que même dans le noir, quelque chose veille encore.

Depuis cette épreuve, mon regard a changé. Je ne vis plus de journées comme avant.

Chaque instant est précieux.

Chaque respiration, chaque sourire, chaque caresse de mes chiens, chaque mot échangé avec ceux que j'aime est une victoire.

Ma foi s'est ancrée plus profondément. Elle n'est plus une croyance lointaine : est devenue une présence intime.

Quelque chose – ou – quelqu'un m'a tenue. M'as relevée. M'a ramenée.

Ma famille est devenue mon sanctuaire.

- Didier, mon mari, fidèle au poste.

- Jonathan, mon fils, solide et aimant.
- Mathéo, mon petit-fils, ma lumière.

- Et mes trois compagnons à quatre pattes, Scoubi, Paprunelle et Bella, dont les yeux remplis d'inquiétude puis de joie ont marqué mon cœur.

Ma santé, je ne la prends plus jamais pour acquise.

Et même quand elle flanche, je sais qu'elle m'a donné une seconde chance.

Quant au quotidien, il est devenu sacré.

Faire un café. Regarder le ciel. Marcher sans aide. Tenir un stylo.

Tout ce qui semblait insignifiant est aujourd'hui un cadeau.

Aujourd'hui je vis. Avec d'autres forces, une autre paix.

Et l'humilité infinie d'avoir vu la frontière… et d'être revenue.

Ce livre, je l'ai écrit pour me souvenir.

Pour mes proches. Pour ceux qui traversent la peur, la maladie, l'attente.

Et pour toi, lecteur, lectrice.

Sache que tant que tu respires, la vie ne t'a pas abandonné.

Je l'écoute. Je la protège. Je la respecte.

Je suis une miraculée

Pas une héroïne, non. Juste une femme qui a vu l'autre rive… et qui a choisi, chaque jour, de revenir à la lumière.

Avec foi, avec gratitude, avec tendresse et vérité

MODVAREIL

Remerciements

Je tiens à adresser toute ma gratitude aux pompiers qui m'ont sauvée avec courage et réactivité, aux équipes médicales du CHU de Blaye et de l'hôpital Bordeaux Nord, aux médecins, infirmiers, aides-soignantes, brancardiers, spécialistes… Chaque geste, chaque mot, chaque regard compatissant m'a aidée à tenir bon.

Merci pour votre dévouement, votre humanité, votre compétence. Grâce à vous, je suis ici pour raconter mon histoire.

Merci aussi à mes amis fidèles, au comité des fêtes de Saint-Ciers-sur-Gironde pour son soutien chaleureux, et tout particulièrement à mon ami de toujours, Franck, mon confident, ma force dans l'ombre.

Et un merci infini à mon mari Didier, à mon fils Jonathan, à mon petit-fils Mathéo, à ma mère, à ma fille Anne-Marie et à mon fils Julien : pour votre amour, votre présence, vos silences remplis de soutien, vos mains tendues et vos cœurs ouverts.

Vous m'avez ramenée à la vie.

Merci de tout cœur.

À celles et ceux qui ont cru, prié, espéré pour moi :

Cette seconde chance, je la vis pour vous.

Introduction

La Miraculée
Une histoire vraie
à Saint-Ciers-sur-Gironde

Je vis à Saint-Ciers-sur-Gironde, dans une maison simple, pleine d'amour, entourée de ceux qui font battre mon cœur :

- Mon mari Didier
- Mon fils Jonathan
- Mon petit-fils Mathéo
- Mes trois amours : Scoubi, Paprunelle, Bella

Depuis de nombreuses années, je vis avec des problèmes d'asthme.

C'est une compagne, silencieuse, toujours là, pesante parfois, mais que j'ai appris à apprivoiser.

Malgré cette maladie, ma vie était sereine.

Une routine rythmée par les sourires, les repas en famille, les petites joies simples.

Mais un samedi soir, tout a basculé, brutalement.

Chapitre 1 : La nuit du drame

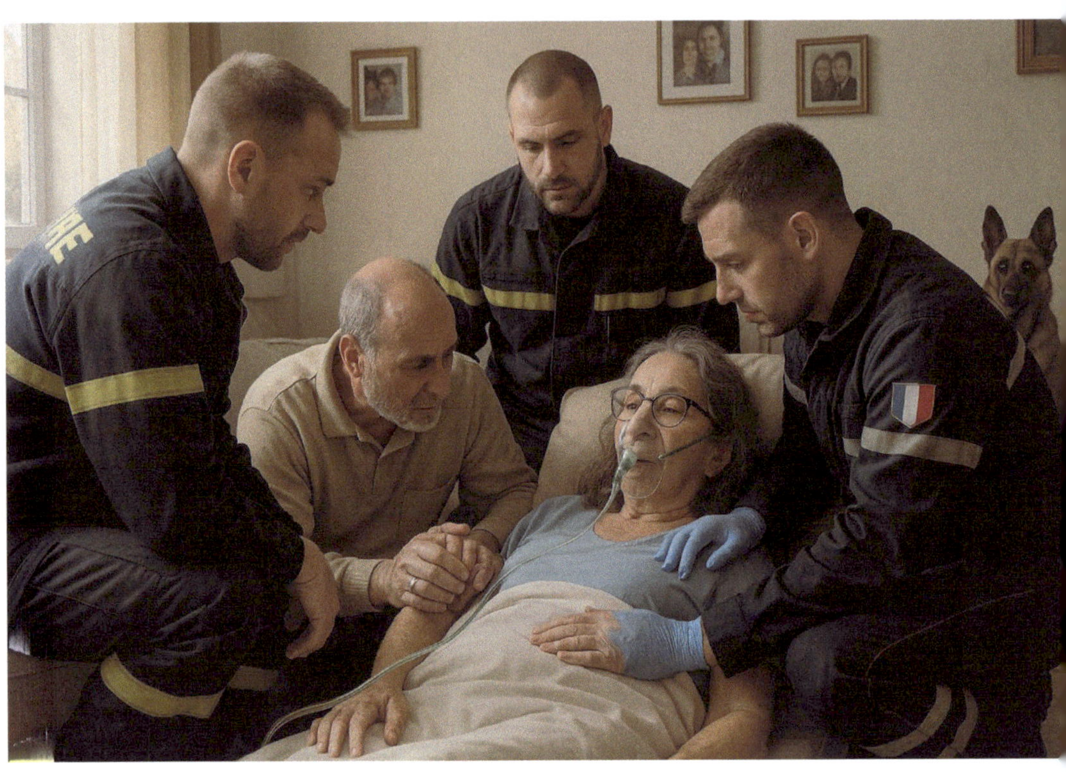

Il est environ deux heures du matin. Didier entend un bruit sourd venant de la salle à manger.

Il se lève, pensant que peut-être un objet est tombé.

Ce qu'il découvre est bien plus grave : je suis là, le visage gonflé, en détresse respiratoire, incapable de parler, de bouger.

Mon corps manque cruellement d'oxygène.

Didier compose immédiatement le 18. Les pompiers arrivent très vite, moins d'un quart d'heure après.

Ma tension est tombée à 6.8. Ils disent que dix minutes de plus, et j'y restais.

J'ai fait un premier arrêt respiratoire, puis un deuxième dans leur camion. Ils restent devant la maison durant trois heures, luttant pour stabiliser mes constantes.

Didier entend les pompiers se parler à voix basse :

- « *Elle est très faible, il faut l'intuber rapidement. Prépare l'adrénaline. On ne part pas tant qu'elle n'est pas stabilisée.* »

L'un deux rassure Didier :

- « *On fait tout notre possible, maison. Elle est entre de bonnes mains.* »

Ces mots, prononcés avec calme et humanité, ont été un soutien immense pour mon mari, perdu dans l'angoisse.

Finalement, après de longues minutes d'efforts, ils parviennent à me stabiliser temporairement.

Ils me transportent au CHU de Blaye, où je suis intubée d'urgence. Puis on m'évacue à l'hôpital de Bordeaux Nord.

Là, on me plonge dans un coma.

Pendant ce temps, ma famille est anéantie.

Didier est bouleversé, ne sachant plus où donner de la tête. Jonathan tente de rester fort, mais son regard trahit une immense inquiétude.

Et Mathéo, si petit, si sensible, sent que quelque chose de très grave est arrivé. Il demande souvent :

- *« Pourquoi mamie dort si longtemps ? »*

Il serre fort son doudou contre lui et répète qu'il veut qu'elle revienne vite.

La peur se lit dans ses yeux, mêlée d'un amour immense.

Chapitre 2 : Le coma et l'autre monde

Pendant quinze jours, je suis absente de ce monde. Mais dans cet état suspendu, mon esprit voyage.

Pendant quinze jours, je suis absente de ce monde. Mais dans cet état suspendu, mon esprit voyage.

Je me vois dans une sphère brillante, argentée, douce et chaude. Elle tourne autour de moi, m'enveloppant d'images et de sensations.

Je découvre des paysages incroyables :

- Les pyramides d'Égypte
- Les dunes marocaines,
- Les mondes colorés de Disneyland Paris,

Comme une sorte de grand voyage de l'âme.

Je sens aussi une douleur sourde, une souffrance intérieure, comme si mon corps criait au secours.

Malgré l'état de coma, je ressens l'angoisse, la peur.

Je ne veux plus lutter.

Je fais des gestes pour dire :

-   « *Arrêtez…* »

À certains moments, j'ai la sensation d'être déconnectée prise dans un entre-deux monde, où je veux lâcher prise.

Mais autour de moi, une présence semble veiller.

J'entends une voix – douce, ferme – qui dit :

-   « *On continue. Ne lâchez pas.* »

Et cette voix me retient, m'ancre.

J'ai peur de ne pas revenir. Peur de souffrir encore.

Peur de ce vide autour de moi.

Et puis, il y a cette lumière brillante, enveloppante, presque irréelle. Elle m'envahit doucement, me réchauffe.

J'ai appris plus tard que certaines personnes, lorsqu'elles se trouvent entre la vie et la mort, ressentent cette même clarté, comme une présence bienveillante qui les entoure.

-   « *Arrêtez…* »

À certains moments, j'ai la sensation d'être déconnectée prise dans un entre-deux monde, où je veux lâcher prise.

Mais autour de moi, une présence semble veiller.

J'entends une voix – douce, ferme – qui dit :

- *« On continue. Ne lâchez pas. »*

Et cette voix me retient, m'ancre.

J'ai peur de ne pas revenir. Peur de souffrir encore.

Peur de ce vide autour de moi.

Et puis, il y a cette lumière brillante, enveloppante, presque irréelle. Elle m'envahit doucement, me réchauffe.

J'ai appris plus tard que certaines personnes, lorsqu'elles se trouvent entre la vie et la mort, ressentent cette même clarté, comme une présence bienveillante qui les entoure.

- *« Arrêtez… »*

À certains moments, j'ai la sensation d'être déconnectée prise dans un entre-deux monde, où je veux lâcher prise.

Mais autour de moi, une présence semble veiller.

J'entends une voix – douce, ferme – qui dit :

-   *« On continue. Ne lâchez pas. »*

Et cette voix me retient, m'ancre.

J'ai peur de ne pas revenir. Peur de souffrir encore.

Peur de ce vide autour de moi.

Et puis, il y a cette lumière brillante, enveloppante, presque irréelle. Elle m'envahit doucement, me réchauffe.

J'ai appris plus tard que certaines personnes, lorsqu'elles se trouvent entre la vie et la mort, ressentent cette même clarté, comme une présence bienveillante qui les entoure.

Chapitre 3 : Le retour à la vie

Quand j'ouvre enfin, les yeux, les visages autour de moi sont à la fois surpris et émerveillés.

Les médecins n'avaient plus beaucoup d'espoir. Les infirmières me regardent avec des larmes discrètes dans les yeux. Ma famille est là, effondrée, mais remplie de soulagement.

Didier pleure en silence.

Jonathan me serre la main avec une tendresse qu'il n'avait jamais montrée aussi fort.

Et Mathéo, du haut de ses 6 ans, me regarde longuement, puis chuchote :

- *« Mamie, tu es revenue… »*.

Il me couvre de bisous et refuse de me quitter, de peur que je reparte. Il me montre ses dessins faits pendant mon absence, où il me dessinait toujours avec un cœur autour de moi.

Moi je suis submergée.

Les émotions m'envahissent : une angoisse de ne pas savoir comment sera la suite, une peur que tout recommence, mais aussi une joie immense de retrouver les miens, de sentir leur chaleur, d'entendre leurs voix.

J'ai envie de pleurer, de rire, de parler sans fin. Mais je suis encore trop faible.

Alors je les écoute, je les regarde, et je respire. C'est déjà un miracle.

On m'appelle *« la miraculée »*

Je me suis réveillée lentement.

Mon corps est lourd.

Je veux parler, mais aucun son ne sort.

L'intubation m'a enlevé ma voix.

Je veux crier que je suis là, vivante, que je comprends, que je ressens… mais je ne peux que bouger légèrement les doigts.

Alors je cherche des solutions : je fais des gestes, je bouge les yeux, je tente de communiquer avec les infirmiers, avec ma famille.

Puis vient le moment où l'on m'enlève les tuyaux.

Je respire enfin pour dire *« bonjour »*, *« merci »*, *« je vous aime »*.

Et ce sont ces mots-là qui m'ont redonné de la force.

Un jour, un infirmier me propose de me lever, de prendre une douche.

Je suis surprise.

Mon corps est encore si faible. Mais je veux essayer. Il me soutient, m'encourage :

- *« On y va doucement, madame. Vous n'êtes pas seule. »*

Je me lève, titubante, m'agrippe à une chaise roulante sur laquelle est posé mon oxygène.

Le sol tangue sous mes pieds. J'ai l'impression de marcher sur du coton.

L'infirmier me parle avec douceur, me guide jusqu'à la douche. Là, il m'aide à m'asseoir, m'enveloppe dans une bienveillance réconfortante.

- *« Vous êtes forte, vous allez y arriver »*, me dit-il.

Et à ce moment-là, malgré la fatigue, malgré les douleurs, je sens une lueur en moi.

Un petit feu qui recommence à brûler. Une certitude fragile, mais réelle : je suis en vie. Et je vais m'en sortir.

J'apprends que pendant mon absence, trois petits cœurs poilus ont attendu.

Scoubi, le plus vieux, tournait en rond, cherchant ma voix dans le silence de la maison.

Paprunelle, la plus vive, ne comprenait pas, elle sautait sur chaque pas, chaque clé, croyant que j'étais de retour.

Et Bella, la douce, s'asseyait près de la porte, guettant le moindre bruit, les oreilles dressées, pleine d'espoir.

Le plus dur était passé, mais tout restait à reconstruire. Mon corps si faible devait réapprendre les gestes simples. J'ai fait mes premiers pas, aidée par un infirmier, en m'appuyant sur une chaise roulante, chaque mouvement me demandant un effort immense.

Puis est venu le moment de mon premier vrai repas. On m'a tendu un plateau.

Dessus, une simple compote de pomme et un gobelet d'eau glacée. Je me souviens encore de ce goût étrange, presque inconnu.

Après des jours à être nourrie par des tuyaux, c'était comme redécouvrir le monde avec la langue. Ce goût m'a semblé bizarre, déroutant, mais c'était le goût de la vie qui revenait, pas à pas.

On m'appelle « *la miraculée* »

Chapitre 4 : Le retour à la maison

Le jour de mon retour à la maison est rempli d'émotion.

Je suis heureuse.

Mais je ne suis plus tout à fait la même.

Fatiguée, fragilisée, dépendante.

Heureuse de revoir mon cocon, mes repères, mes visages familiers.

Malgré les douleurs, les tremblements, la fatigue, je ressens une immense joie.

Quand enfin je franchis la porte…

Les aboiements se sont mêlés aux pleurs.

Scoubi s'est couché contre moi, comme pour ne plus me laisser partir.

Bella m'a léchée sans fin, des larmes dans les yeux elle aussi.

Et Paprunelle courait partout, comme si la maison reprenait enfin vie.

Ce moment restera gravé à jamais :

Le bonheur simple, vrai de ceux qui ne t'oublient jamais.

Ceux qui sentent ton cœur, même quand il bat plus faiblement.

Ma famille est là, attentive, présente, pleine d'amour.

Jonathan me serre fort. Didier veille à tout me saute dans les bras en criant :

- *« Mamie, t'es revenue ! »*

Ses yeux brillent de bonheur. Je sens sa peur encore vive, mais aussi sa tendresse infinie.

Je me repose. Toute la maison s'organise autour de moi.

On m'installe confortablement, on prépare mes repas, on me couvre d'attentions.

Je dois rester calme, reprendre des forces…

Didier, Jonathan et Mathéo s'occupent de tout : les repas, les tâches ménagères, les rendez-vous médicaux, les courses.

Mathéo me lit des histoires pour m'aider à m'endormir, et m'apporte des fleurs cueillies dans le jardin. Il me dit souvent :

- *« Je t'aime très fort Mamie, il faut que tu guérisses. »*

En silence, je remercie la vie.

Un moment précieux m'attend : le baptême de mon petit-fils Mathéo.

Je peux être présente ce jour-là. Je vais pouvoir le voir en habit de cérémonie, entouré d'amour, et je sais que ma présence ce jour-là sera un cadeau partagé.

Mais je dois rester tranquille, reprendre des forces, suivre les consignes.

Mais très vite, les séquelles apparaissent. Mes mains tremblent. Je perds parfois l'équilibre. J'ai la sensation de marcher sur du coton.

Un jour, en sortant respirer l'air du jardin, je m'effondre sans prévenir.

Mon visage heurte violemment le sol. Du sang coule, beaucoup. Didier accourt, me relève, m'aide à arrêter l'hémorragie. Jonathan, alerté, arrive et reste figé de peur.

Et Mathéo, témoin de la scène, se met à pleurer, terrifié. Il ne comprend pas pourquoi mamie tombe encore.

Un spécialiste me rassure le lendemain : pas de fracture, mais un hématome au visage, douloureux et impressionnant, qui durera trois semaines.

Quelques jours après, je rends visite à mon médecin de famille.

Avec moi, le compte rendu de mon hospitalisation.

Nous parlons longuement : je lui explique mes pertes d'équilibre, mes tremblements des membres supérieurs, mes pertes de mémoire ponctuelles, mes sensations de flottement, mes déconnexions passagères.

Je lui parle de ce malaise que j'ai eu dans le jardin, tombant sans prévenir, le visage en sang

Il me rassure mais m'oriente vers un neurologue, et d'aller à mon rendez-vous avec mon pneumologue.

Je sais que la route sera encore longue, mais j'y suis prête.

Je suis vivante. Et je suis entourée.

Chapitre 5 : le combat continue

Ce que j'ai traversé a changé à jamais mon regard sur la vie

Il y a eu un avant, et il y a un après

Avant, je vivais avec la maladie, mais sans vraiment la mesurer.

Aujourd'hui, je connais la fragilité de chaque souffle.

Chaque matin est une victoire, chaque instant une bénédiction.

Je suis revenue de loin. Très loin.

De ce monde étrange, entre lumière et silence, j'ai rapporté une certitude : nous ne sommes jamais seuls.

Dans les heures sombres, des mains invisibles nous soutiennent.

Dans les moments de doute, des voix nous encouragent.

Et surtout, l'amour
- Celui de ma famille,
- Celui des soignants,
- Celui de la vie – m'a portée.

Je ne suis pas revenue intacte.

Mon corps garde les traces de l'épreuve.

Mais mon cœur, lui, bat plus fort que jamais.

Il bat pour ceux que j'aime.

Pour ce petit garçon qui a crié :

- *« Mamie, t'es revenue ! »*

Et qui a rallumé la lumière en moi.

Pour mon mari, si fort, si présent, même dans l'ombre.

Pour mon fils, si digne dans sa peine, si tendre dans son regard.

Je suis la miraculée. Pas seulement parce que j'ai survécu, mais parce que j'ai retrouvé le goût de vivre, le goût d'aimer, le goût d'espérer.

Et si mon histoire peut apporter un peu de lumière à ceux qui traversent l'ombre, alors elle aura eu un sens.

Les semaines sont rythmées par les consultations médicales. Je dois voir un neurologue pour comprendre mes tremblements, un pneumologue pour mon asthme qui reste instable.

Et surtout, deux opérations sont programmées pour mes yeux. La cataracte, déjà présente, s'est aggravée avec le coma.

Mon corps est fatigué, usé, mais mon cœur bat plus fort que jamais.

Chaque jour passé aux côtés de mes trois amours est un cadeau.

Les éclats de rire de Mathéo sont mes vitamines.

Il pose souvent sa petite main sur la mienne et me dit :

« Tu vas guérir mamie, moi je te protège. »

Les attentions de Didier, les bras de Jonathan, leurs silences pleins d'émotion… Tout cela me donne une forme invisible.

J'ai aussi été bouleversée par la présence de ma fille Anne-Marie et de mon fils Julien qui ont pris la route pour venir me voir à l'hôpital, m'ont tenue la main, ont veillé des heures à mes côtés et pris des nouvelles chaque jour.

Mais j'ai aussi des moments d'angoisse : peur que mon corps ne suive plus, peur de rechuter, peur de ne pas pouvoir redevenir celle que j'étais.

Et en même temps, une gratitude immense, un émerveillement quotidien pour chaque geste de tendresse, chaque regard plein d'espoir.

C'est un long chemin, mais je marche, même à petits pas.

Conclusion : La vie continue

Aujourd'hui,
je regarde en arrière
avec émotion.
J'ai frôlé la mort.
J'ai traversé l'invisible.
J'ai souffert.
J'ai espéré.
J'ai été aimée.

Aujourd'hui, je regarde en arrière avec émotion. J'ai frôlé la mort.

J'ai traversé l'invisible.

J'ai souffert. J'ai espéré. J'ai été aimée.

Je veux dire à tous ceux qui liront ces mots : même au plus sombre, même quand tout semble perdu, il reste une lumière.

Cette lumière, ce sont ceux qui nous entourent, ceux qui nous aiment, ceux qui nous soutiennent.

Merci à la vie.

Oui, la vie continue.

Et elle est belle, malgré les blessures.

Elle est belle, grâce à l'amour.

Et moi, je continue à la vivre.

Entourée. Aimée.

Vivante.

Chapitre final – « Et maintenant, je vis »

Sauvée par l'amour
des miens, guidée par
la main invisible
de la lumière

Il y a eu l'avant. Le choc. L'absence. Le flou.

Il y a eu la salle blanche, les machines, les heures qu'on ne compte plus.

Et puis, il y a eu le retour.

Progressif. Inconfortable. Fragile.

Mais chaque battement de cœur, chaque mouvement du corps, était une victoire sur ce que j'avais laissé derrière moi.

Je ne suis plus la même.

Quelque chose en moi s'est éveillée, comme si j'avais vu derrière le voile de ce monde.

Aujourd'hui, chaque instant compte. Je respire avec gratitude. Je regarde mes proches avec un amour renouvelé. J'écoute la vie. Je n'oublie rien, ni la peur, ni la lumière.

On ne revient pas intacte. Mais on revient plus vraie.

Je suis toujours fragilisée. Mais je suis là.

Et tant que je suis là… je vis.

Aujourd'hui, je vis.

Pas comme avant.

Mieux, peut-être.

Je vis avec plus de lenteur.

Plus de conscience.

Je ressens les choses avec plus d'intensité.

Un simple rayon de soleil sur la peau suffit à me faire pleurer.

Je vis avec la mémoire de cette traversée.

Avec l'humilité de savoir que tout peut s'arrêter… mais aussi recommencer.

J'ai accepté les cicatrices.

J'apprends à apprivoiser les séquelles…

Le corps parle encore parfois de ce qu'il a traversé, mais il parle aussi de ce qu'il a vaincu.

Ma vie est entourée de gestes simples :
- o Un repas partagé,
- o Une caresse sur la tête de Bella,
- o Les yeux doux de Scoubi,
- o Les petits bonds joyeux de Paprunelle,
- o Et la voix de Mathéo qui résonne dans la maison.

Je vis avec ceux qui m'aiment, et je pense souvent à ceux qui n'ont pas eu la chance de revenir.

À travers ce livre, j'espère offrir un souffle d'espérance.

Pas un conte de fées.

Mais une vérité vécue, dans la douleur et la grâce.

Et si tu lis ces lignes, souviens-toi que même au bord du vide, il y a toujours une main tendue.

Visible ou invisible.

Je suis là pour le dire : Le miracle, parfois, c'est simplement de respirer à nouveau.

Et de le reconnaître comme un cadeau.

Revenir chez soi, c'est plus qu'ouvrir une porte. C'est retrouver un monde familier avec un regard neuf, chargé d'émotion.

Chaque objet, chaque geste, chaque odeur me rappelait combien j'étais vivante.

Mais ce qui m'a rempli de bonheur, c'est de pouvoir préparer le baptême de mon petit-fils. Pouvoir participer aux préparatifs, imaginer cette journée, choisir les détails avec mon cœur…C'était un cadeau.

Et le jour venu, entourée de toute ma famille et de tous mes amis, pouvoir dire merci à Dieu. Merci pour la vie retrouvée. Merci pour cette présence invisible qui m'a soutenue. Ce sera une journée lumineuse, pleine de sens et de foi.

Pensée finale

À tous ceux qui doutent,
qui tombent, qui attendent:
ne cessez jamais de croire
que quelque part,
la lumière vous cherche aussi.

m'avoir suivie dans ce chemin entre l'ombre et la lumière.

Ce livre est né d'un souffle retrouvé.

Mais il n'aurait jamais existé sans l'amour fidèle de ceux qui m'entourent.

Je veux remercier du fond du cœur mon mari, Didier, mon fils Jonathan et mon petit-fils Mathéo, qui m'ont tenu ma main, même quand la mienne ne répondait plus.

Je remercie aussi Scoubi, Paprunelle et Bella, mes trois chiens au cœur immense, dont la fidélité silencieuse m'a accompagnée au-delà des mots.

À vous, lecteurs, lectrices, si vous traversez une épreuve, si vous attendez un signe, si vous vous sentez seuls, sachez que votre douleur n'est pas invisible.

Quelqu'un vous voit. Quelqu'un vous entend.

Je ne suis pas une héroïne. Je suis une femme ordinaire qui a touché l'extraordinaire.

Et je crois de tout mon cœur que ce que j'ai reçu, vous pouvez le recevoir aussi.

Je confie ces mots à Dieu avec gratitude et humilité, et à vous, avec tout l'amour dont je suis encore capable.

Si vous êtes, vous aussi, passés par une épreuve, sachez que vous n'êtes pas seuls.

Parfois, la vie nous brise… pour mieux nous ouvrir.

Prenez soin de vous. Soyez doux avec ceux que vous aimez. Et surtout : croyez en la lumière, même quand elle semble lointaine.

MODVAREIL

Reconnaissance

Je ne peux m'empêcher de prouver toute ma reconnaissance à toutes ces personnes qui m'ont
aidé à retrouver le chemin de la vie. Je garderai toujours en moi mon retour à la vie grâce à eux.

À vous, les pompiers, qui avez été là cette nuit-là,
avec votre dévouement et votre calme,

À vous, les soignants, médecins, infirmiers et aides
si précieux, qui m'avez soutenue sur le chemin du
retour à la vie,
Je vous adresse ma gratitude la plus profonde.

À ma famille, Didier, Jonathan, Mathéo,
Merci pour votre amour immense, votre patience et
votre présence,
Vous avez été ma lumière et ma force.

À mes chers compagnons à quatre pattes Scoubi,
Bella, Paprunelle
Votre tendresse silencieuse, vos élans de joie,
Ont réchauffé mon cœur au quotidien.

Et à toi, mon petit-fils Mathéo,
Ton amour, ton rire, ton regard si pur,
Sont une source infinie de bonheur et de renais-
sance.

Avec tout mon amour, Modvareil.

Table des matières

Préface 4

Préambule 9

Remerciements 17

Introduction 21

Chapitre 1 : La nuit du drame 25

Chapitre 2 : Le coma et l'autre monde 31

Chapitre 3 : Le retour à la vie 39

Chapitre 4 : Le retour à la maison 49

Chapitre 5 : le combat continue 57

Conclusion : La vie continue 63

Chapitre final – « Et maintenant, je vis » 67

Reconnaissance 77

Table des matières 81

Édition : BoD · Books on Demand,
31 avenue Saint-Rémy, 57600 Forbach,
bod@bod.fr
Impression : Libri Plureos GmbH,
Friedensallee 273, 22763 Hamburg (Allemagne)

ISBN : 978-2-3226-2259-7

Dépot légal : Juin 2025